Pierre Franckh

Pierre Franckh ist Bestsellerautor, Charakterdarsteller, Regisseur und Seminarleiter. Schon mit sechs Jahren stand er auf der Bühne und gab kurz darauf sein Filmdebüt in Helmut Käutners »Lausbubengeschichten«. Es folgte eine beispiellose Karriere als Kinderstar in Film und Fernsehen. Seit 1958 wirkte er in vielen Kinofilmen mit, stand unzählige Male auf der Bühne (u. a. Residenztheater München, Renaissance-Theater Berlin) und spielte in über 250 Fernsehproduktionen mit. Im Jahr 2000 hat Pierre Franckh mit dem Kinofilm »Und das ist erst der Anfang« als Autor und Regisseur sein erfolgreiches Debüt gegeben.

Seit 2001 widmet sich Pierre Franckh verstärkt seiner Autorentätigkeit und berät Einzelpersonen, hält Vorträge und leitet Seminare.

Kontakt und weitere Informationen unter:

www.pierre-franckh.de

Pierre Franckh

365 Tage

erfolgreich wünschen

arsEdition

Text: Pierre Franckh
Gestaltung : Ingrid Bräuer
Fotos: www.fotolia.de / Sergey Filkin, Michael Neuhauß, Carmen Steiner, Sunnydays, DeVIce, baumhaus, JRompf, sepp, nicola vernizzi, AndreasEdelmann, Holger Bartz, rgbspace, sonne Fleckl, Photo XXL, steffenw, l-pics, doris oberfrank-list, NatUlrich, Galyna Andrushko, Gerhard Führing, Carina Hansen, Uschi Hering, Tom Aubrunner, Liv Friis-larsen, Kléber Patrick, fumie, Spiderwoman88, Stas, Quanthem, Ruslan Kokarev, Kwest, eyewave, Otmar Smit, Dan65, Uwe Wittbrock, Martin Helmrich, Anna Khomulo, Photofranck, Vitaly Pakhnyushchyy, Tobias Gueldner, Ralph Petty, WONG SZE FEI, Angie Lingnau, sylwia2007, Sandra Cunningham, rebvt, Irata, naja.at, Alex Bramwell, manolito, Piroschka, oriwo, Jürgen Müller, David Kelly, Irochka, NorthShoreSurfPhotos, Aaron Khor, Sergey Tokarev, free_photo, PXW, Trutta, fotocontakt, ProfphotoXL, Ghostfather, sam richter, Thaut Images, Christian Jung, Patrizia Tilly, makuba, Svetlana Gatova, Alexandr Ozerov, Darren Baker, snaporama, tbel, puje, fluxarts.de, matttilda, danielschoenen, Augenblicke, Martin Gottowik, Rainer Ksobiak, Ramona Heim, Christof Lippmann, Tanja Bagusat, Cindy Haggerty, Olga Lyubkina, postartonline, Marcin Osadzin, alpha21, Anatoly Tiplyashin, michel gatti, Martina Berg, Tina Stumpp, Jagoush, pgm, Olga Shelego, thegarden, emmi, Mike, Swetlana Wall, Jose Ignacio Soto, MONIQUE POUZET, Jaak, Podfoto, Irina Fischer, ArtmannWitte, Michael Kempf, Daniel Fleck, mbs, Sven Hoppe, Bernd S., Gabriele Rhode, nico, FotoLyriX, marlies plank, Okea, Anna Obereigner, Sarah MARCHAND, Stuart Monk, RalfenStein, Solovieva Ekaterina, Tinichan, japonka, urbanhearts, Paul Lampard, Stephan Leyk, JVoller, Sunday pictures, Sandra wuerlein, Barmaley, Matthew Bowden, Sergey Nikolaer, siamimage, Alexey, styf, Lori Martin, Maceo, Rerom, Rainer Göttlinger, marilyn barbone, Agb, hfng, Agmed Aboul-Seoud
Autorenfoto: Armin Brosch
Printed by Tien Wah Press
ISBN 978-3-7607-4970-9

www.arsedition.de

Was sind Affirmationen?

Affirmationen sind positive Glaubenssätze. Durch die ständige Wiederholung derselben bündeln sie den gewünschten Energiestrom, damit sich all das realisieren kann, was wir gerne in unser Leben einladen möchten.
Auf den ersten Blick betrachtet sind Affirmationen einfach positiv formulierte Sätze. Also Bejahungen, die unsere Lebensziele verstärken. Doch in Wirklichkeit bewirken sie wesentlich mehr. Wir erkennen all unsere negativen Glaubenssätze – das sind die Zweifel, die immer wieder nach oben schwappen und uns vom Glück abschneiden – und ersetzen sie mit lebensbejahenden, bewussten Affirmationen. Damit verändert sich unser ganzes Leben. Denn Affirmationen, die immer und immer wieder gedacht oder gesprochen werden, wandern tief in unser Unterbewusstsein und verändern unsere gesamte Grundeinstellung und unsere Überzeugung. Da sich immer das realisiert, was wir glauben, helfen uns Affirmationen am schnellsten, unseren Glauben zu transformieren und damit – durch die stete Wiederholung – unsere Wünsche in unser Leben zu ziehen.
Mithilfe von Affirmationen konzentrieren wir unsere Energie auf unsere Ziele; sie sind also der eigentliche Wunderschlüssel, mit dem wir unser Leben verändern können.

Die *Wirklichkeit* entsteht tief in meinem Inneren und tritt dann außen in Erscheinung.

Ich bin voller *Freude* und *Zuversicht*, dass alles zur richtigen Zeit am richtigen Ort für mich bereit ist.

Da wo wir unseren Blick hinlenken,
bündeln wir unsere *Energie*. Sei
sehr bewusst in dem, was du erschaffst.

Ich bin *offen*
für das Leben
und die Freude.

Jeder Herzenswunsch beinhaltet
schon die *Erfüllung* in sich selbst.

Ich habe unbegrenzte Möglichkeiten.
Ich entscheide mich, mein Leben selbst in
die Hand zu nehmen und meine Wünsche
zu verwirklichen.

Mein *innerer Reichtum*
manifestiert sich jetzt in äußerer Fülle.

Ich bewahre meinen *Wunsch* in meinem Herzen, bis er sich verwirklicht hat. Ich sende ihm beständig liebevolle Energie zu.

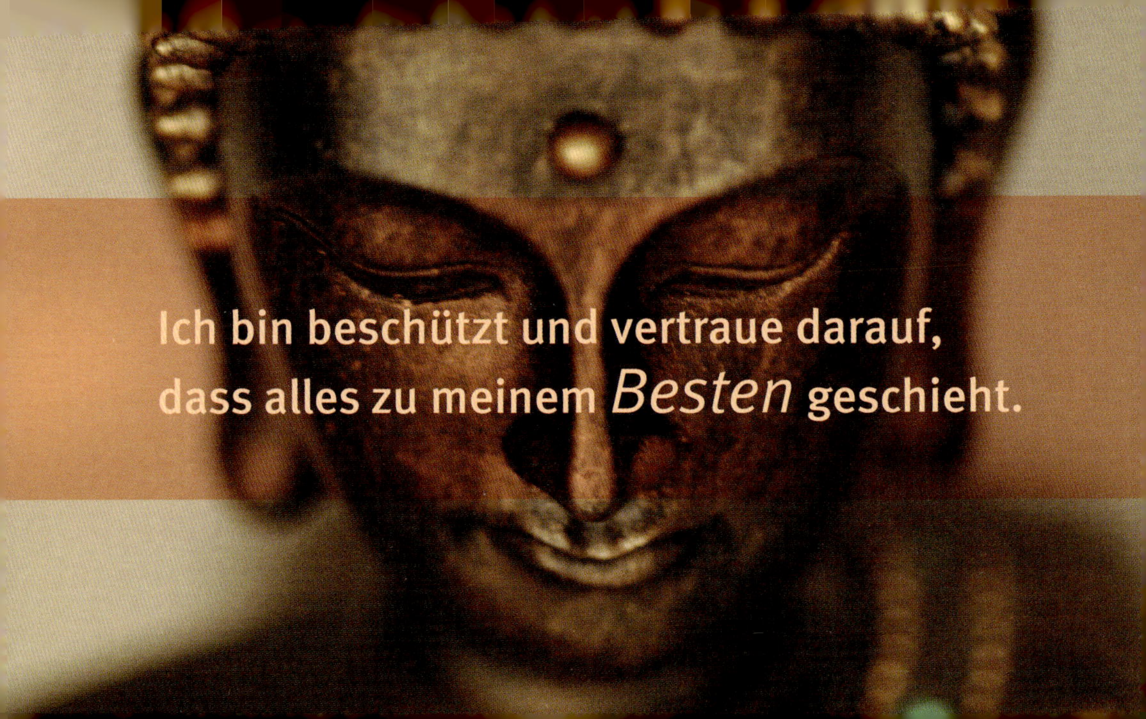
Ich bin beschützt und vertraue darauf,
dass alles zu meinem *Besten* geschieht.

Ich erkenne die Zeichen der Zeit und richte mich voller *Freude* nach ihnen.

Je mehr ich gebe, desto mehr Fülle erhalte ich. Der *Fluss des Lebens* hält auch für mich unerschöpflichen Reichtum bereit.

Ich lebe in einem liebevollen Umfeld
und mein Herz ist voller *Dankbarkeit*.

Ich manifestiere *Wohlstand* in meinem Bewusstsein und weiß, dass alles zur richtigen Zeit in mein Wahrnehmungsfeld kommt.

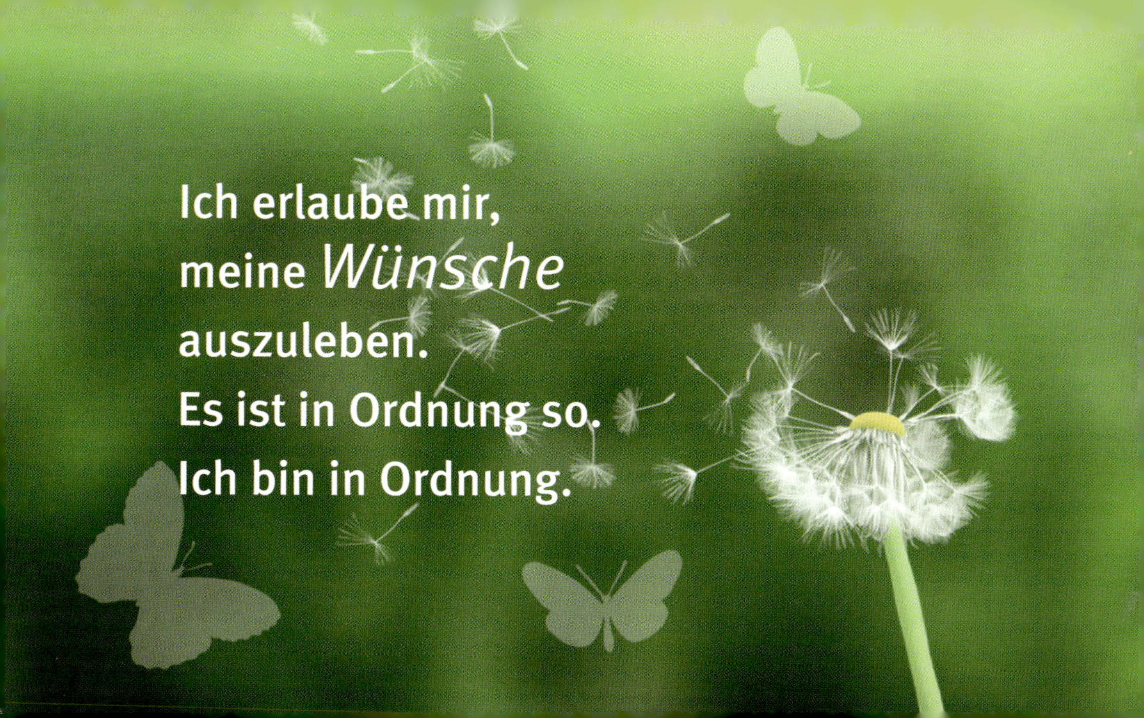
Ich erlaube mir,
meine *Wünsche*
auszuleben.
Es ist in Ordnung so.
Ich bin in Ordnung.

Ich bin *glücklich*, dass mich Wohlstand und Fülle in meinem Leben begleiten.

Jeder Tag ist voller *Wunder*.
Ich darf so viele Wünsche haben,
wie ich will, und bin dankbar
für deren Erfüllung.

Ich liebe jede Zelle meines Körpers und erschaffe mir so vollkommene *Gesundheit*.

Ich wünsche mir ab jetzt *Vollkommenheit*
in meinem Leben. Ich bin offen und bereit dafür.

Ich entdecke meine *innere Kraft*.
Ich inspiriere mich selbst und andere
mit meiner Strahlkraft.

Ich gehe mit meiner Familie und meinen Mitmenschen *liebevoll* und *harmonisch* um.

Ich *vertraue* aus tiefstem Herzen
und schenke anderen Mut und Zuversicht.

Ich wünsche allen Menschen und allen Lebewesen Glück und Liebe. Ich bin mit allem *verbunden*.

Die *Liebe* zu mir selbst und meinem Umfeld wächst Tag für Tag. Ich umarme mich in Selbstachtung und Liebe.

Mein seelisches Gleichgewicht ist in vollkommenem *Frieden* mit mir selbst und anderen. Ich wünsche allen Menschen nur das Beste und segne sie auf ihrem Weg.

Meine *Kraft* nimmt täglich zu. Ich bin fähig, alle meine Wünsche zu verwirklichen, und vertraue darauf, dass es geschieht.

Nichts und niemand bestimmt mein Leben.
Immer nur *ich selbst.*

Ich öffne mich für den *Erfolg* in meinem Leben. Es steht mir zu, erfolgreich zu sein.

Ich bin innerlich und äußerlich *reich*.

Ich *freue* mich über die Geschenke des Lebens.

Mit *positiven Gedanken* belohnen wir uns und unser Leben. Mit negativen Gedanken bestrafen wir immer nur uns selbst.

Ich bin gedanklich frei von Begrenzungen.
Ich bin bereit, meine *Freiheit* zu leben.

Alles ist Energie.
Gedankenkraft
ist pure Energie.

Ich erschaffe jetzt das Leben,
das ich führen möchte. Meinen
Wünschen stehen alle Türen offen.

Ich weiß, dass die mir innewohnende *Kraft* alles in mein Leben zieht, was ich mir wünsche.

Ich bin in einem *harmonischen*
und *liebevollen Umfeld.*

Ich bin geduldig mit mir und
anderen und achte ihren Weg.

Ich entscheide mich jetzt, *liebevoll* über mich und meine Mitmenschen zu denken. Meine Handlungen sind liebevoll und getragen von Wertschätzung.

Es steht mir zu, *Fülle* zu
erschaffen und auch zu bewahren.

Ich bin in meiner Mitte und *liebe* mich genau so, wie ich bin. Dadurch erschaffe ich jetzt ein liebevolles und harmonisches Umfeld.

Ich genieße
mein Leben
voller Freude,
denn es ist
mein größtes
Geschenk.

Jeden Tag erschaffe ich aufs Neue eine liebevolle Atmosphäre und *lächle* allen Menschen zu.

Meine *innere Freude* spiegelt sich im Außen wider. So erschaffe ich eine Welt voller Fülle.

Ich weiß, dass ich jede *Veränderung* in meinem Leben selbst erschaffen habe, und handle liebevoll und verantwortungsbewusst.

Ich spüre die *Kraft*
meiner positiven Einstellung
und vermehre diese mit jedem Tag.

Ich höre meinen *Gedanken* aufmerksam zu und weiß, dass sie in jeder Sekunde meine Zukunft erschaffen.

Ich empfange die universelle Schöpfungskraft
und bin offen und bereit für die *Erfahrungen*
in meinem Leben.

Ich bin voller *Glück und Freude* über
die neue geistige Entfaltung meines Selbst.

Ich verbinde meine Herzensliebe und mein Bewusstsein zu einer *Einheit*. **Diese Einheit bildet meine innere Weisheit, aus der ich unendlich viel erschaffen kann.**

Ich bin glücklich, dass ich fähig bin,
mir eine Welt voller *Fülle* zu erschaffen.

Ich kann mich jeden Tag entscheiden, einen anderen Weg zu gehen. Ich treffe diese *Entscheidung* in vollstem Vertrauen.

Ich lebe voller *Freude* in diesem Moment und genieße das Leben. Die Vergangenheit ist vorbei.

Ich erschaffe mir jeden Augenblick das Leben, das ich mir wünsche. Jeder Augenblick in meinem Leben ist *neu und wundervoll.*

Ich *erschaffe*
jetzt das Leben,
das ich gerne
führen möchte.

Hier und jetzt bin ich bereit,
die Wunder in meinem Leben zuzulassen.

Mein Herz ist mit allem im *Jetzt* verbunden.

Ich bin voller Dankbarkeit und innerer Freude
über die *Fülle*, die mich umgibt.

Jetzt ist der Moment,
in dem ich mein Leben
ändern kann.

Ich entscheide mich jetzt dafür, *Liebe* und *Dankbarkeit* in meinem Leben auszusenden.

Ich bin offenherzig und großzügig.
Immer im tiefen Vertrauen, dass das
Richtige **für mich geschieht.**

Ich bin dankbar für
die kleinen und großen
***Glücksmomente* in meinem Leben.**
Sie erfüllen mein Dasein mit Freude.

Ich bin erfolgreich und manifestiere
diese Wahrheit im Hier und Jetzt.

Meine positiven Gedanken erschaffen
jetzt die Welt, die ich mir *wünsche*.

Ich führe meine ganze positive *Gedankenkraft* zum gewünschten Ziel hin und bleibe so lange dabei, bis es sich manifestiert hat.

Ich sehe meine *positiven Ziele* zum Wohle meiner selbst und anderer klar vor meinem geistigen Auge. Voller Freude erwarte ich deren Erfüllung im Hier und Jetzt.

Ich bin der *schöpferischen Kraft* in meinem Innersten dankbar. Die Quelle meiner Inspiration ist unerschöpflich.

Voller *Freude* bejahe ich meine schöpferische Natur und erschaffe alles, was ich mir wünsche.

Mein Leben ist von Leichtigkeit und Liebe getragen. Ich bin ein *Quell der Freude* für mich und mein Umfeld.

Ich liebe meine *Freiheit*, und mein Herz
fließt über voller Freude über die Leichtigkeit,
die in meinem Leben jetzt stattfindet.

Die negativen Glaubensmuster meiner Kindheit haben ab jetzt keinerlei Macht über mich. Ich bin innerlich und äußerlich vollkommen *frei*.

Jetzt ist mein Leben voller *Wunder*.
Ich bejahe es bedingungslos.

Ich bin voller *Strahlkraft* und Selbstwertgefühl, das ich jetzt in liebevollen Handlungen ausdrücke.

Voller Freude lasse ich mich auf den
glückseligen Augenblick ein und nehme
diesen Moment in meinem *Herzen* auf.

Ich bin immer in liebevoller *Achtsamkeit* für mich da. Meine wundervollen Begegnungen stärken mein Selbstwertgefühl jeden Tag mehr und mehr.

Die *Gegenwart*, in der ich jetzt lebe, ist die Summe meiner vorangegangenen Gedanken. Ich entscheide mich jetzt, meine Zukunft nach meinen bewussten Wünschen zu verändern.

Ich sehe mit den Augen der *Liebe*.
Alles, was mir begegnet, ist das
Beste für mein Leben.

Ich bin die
schöpferische Kraft
in meinem Leben.

Ich bin *schön*. Meine Einzigartigkeit kann ich in liebevoller Weise ausdrücken.

Ich öffne mein *Herz* und lasse alle alten emotionalen Verletzungen los, auf dass dies ein neuer Beginn sein darf.

Ich erlaube der *Liebe*
in meinem Herzen,
die Signale nach
außen zu senden.

Ich bin offen und bereit, die *Liebe* zu mir selbst zuzulassen sowie die Liebe eines anderen Menschen.

Ohne die
innere Bereitschaft
ist alles Suchen sinnlos.

Alles, was mir begegnet, betrachte
ich mit den Augen der *Liebe*.

Meine Fähigkeit,
Liebe zu zeigen,
nimmt von Tag zu Tag zu.

Meine Gedanken und Taten sind liebevoll
und senden die Freude nach außen,
die ich im Inneren empfinde.

Ich bin in
liebevoller Kommunikation
mit mir und meinen Mitmenschen.

Mein *Herz* fließt über voller Liebe.
Ich bin ein Quell unerschöpflicher Freude.

Ich liebe mein Leben und umarme mich selbst
jeden Tag mit *liebevollen Gedanken*.

Innere Freude **bringt mich der Liebe zu mir selbst jeden Tag näher und näher.**

Ich *liebe* und
akzeptiere mich so,
wie ich bin.

Ich bin ein wundervolles Wesen, voller Neugier auf das Leben selbst.

Ich erkenne mein *Potenzial* an und
schöpfe aus der unendlichen Kraft der Liebe.

Ich *erschaffe* in
meinem Leben Freude,
Harmonie und Fülle.

Ich öffne – *alle* –
meine inneren Räume
für die Liebe.

Ich bin angeschlossen an die Liebe
und den *Fluss des Lebens*.

Mein wahres Wesen
ist die *Liebe*.
Ich erkenne diese
Wahrheit an und
teile sie mit
meinem Umfeld.

Ich bin *einzigartig* und schön.
Alle Menschen lieben mich.

Mein liebevolles Wesen *inspiriert* meine Mitmenschen, sodass sich diese Strahlkraft in ihrer ganzen Größe entfaltet.

Liebe und Freude
durchdringen
mein ganzes Sein.

Ich lasse alles los,
was mich daran hindert,
mein *Potenzial* zu leben.

Ich bin bereit, das Leben mit offenen Armen zu empfangen, und freue mich auf die Veränderung, denn sie bedeutet, das Leben zu *bejahen*.

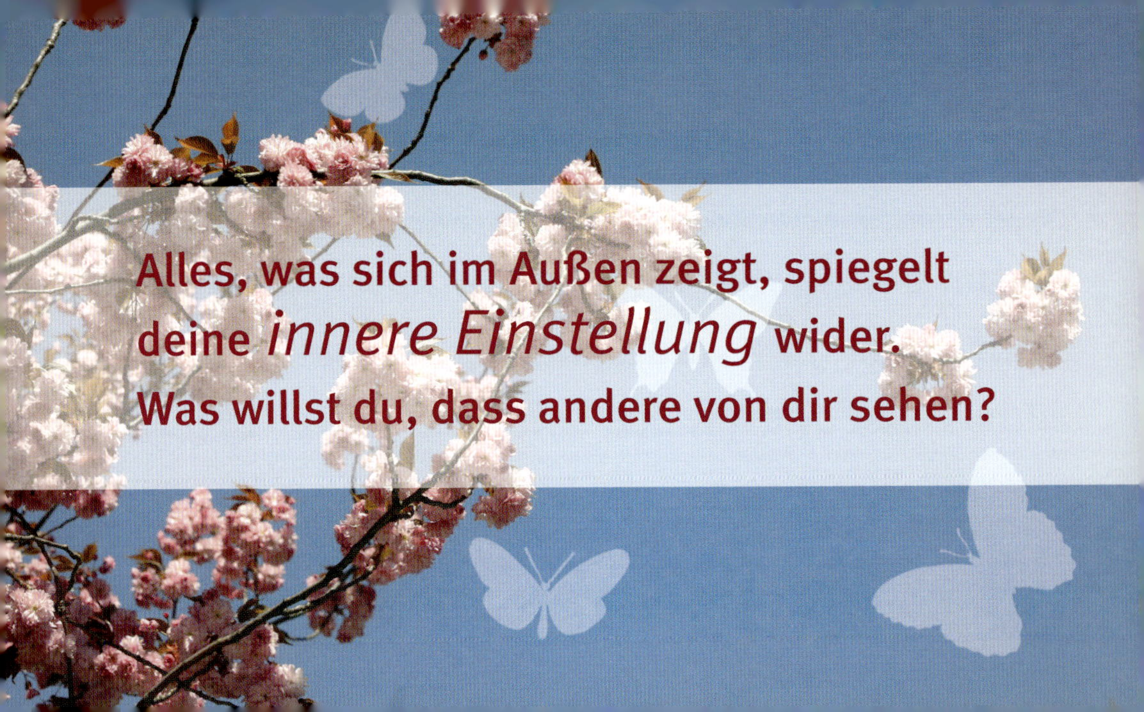
Alles, was sich im Außen zeigt, spiegelt
deine *innere Einstellung* wider.
Was willst du, dass andere von dir sehen?

Ich bin voller Respekt und Achtung vor der Leistung anderer. Sie spiegelt die *Schöpferkraft* in uns wider.

Ich bin *verbunden* mit meiner Schöpferkraft.

Meine *positive Einstellung*
erschafft die Wunder in meinem Leben.

Ich *konzentriere* mich
auf das Wesentliche und überlasse
es der Schöpferkraft, dies zu verwirklichen.

Wenn ich fähig bin, das Erwünschte vor meinem geistigen Auge zu *visualisieren*, dann bin ich auch fähig, es in der materiellen Welt zu erschaffen. Es ist nur eine Frage des Energieaufwandes.

Ich sende meine klaren Wünsche aus und bin voller *Vertrauen* **darauf, dass sie sich in meinem Leben verwirklichen.**

Ich lasse alle alten Glaubensmuster
über mich und meine Umwelt los.

Ich bin offen und bereit,
das *Neue* in mein
Leben einzuladen.

Ich *befreie* mich von meinen sorgenvollen Gedanken und vertraue darauf, dass alles zu meinem Besten geschieht.

Ich treffe meine Entscheidungen voller Verantwortungsbewusstsein und bin dankbar für die *Freiheit*, die ich dadurch innerlich habe.

Ich *lebe*
mein Leben
voller Leichtigkeit
und Freude.

Ich bin *innerlich frei* von
Begrenzungen, und dies
spiegelt sich im Außen wider.

Ich lasse alle negativen Glaubensmuster über mich los und fühle mich *wertvoll* und geliebt.

Ich lasse mit jedem Ausatmen alte
Glaubensmuster los und lasse mit
jedem Einatmen die *Liebe* zu mir selbst zu.

Ich bin ein *Geschenk* für mich und andere.

Mein *Herz* ist voller Leichtigkeit und Freude.

Jede Veränderung in meinem Leben befreit mich vom Alten und *öffnet* mich für das Neue.

Ich nehme das Neue, das das Leben mir bietet,
voller Freude und liebevoller *Bejahung* an.

Ich lasse alle negativen Meinungen anderer Menschen über mich los. Es hat nichts mit mir zu tun. Ich bin der Schöpfer meiner *Wirklichkeit*. Ich entscheide bewusst, was ich annehme.

Ich sehe den Dingen vollkommen *gelassen* entgegen.

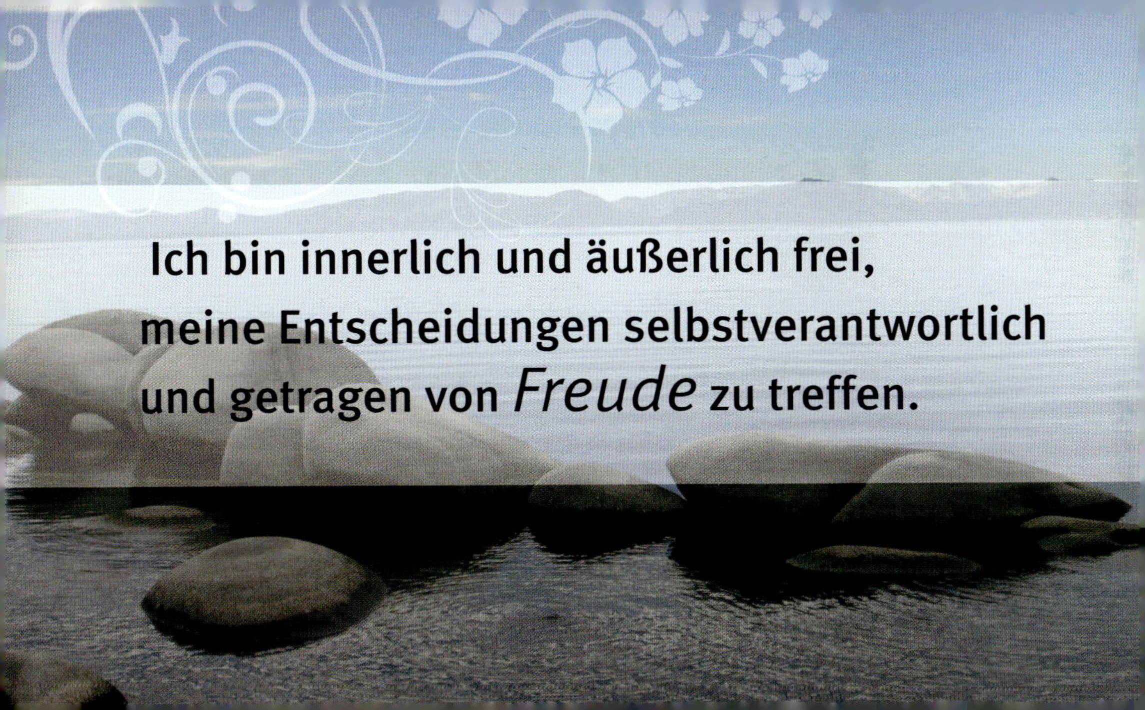
Ich bin innerlich und äußerlich frei,
meine Entscheidungen selbstverantwortlich
und getragen von *Freude* zu treffen.

Ich lasse alle innerlichen Begrenzungen los und lebe meine *Kreativität* voller Freude aus.

Ich kenne meine *Wünsche* sehr genau
und kann sie mit klarer Stimme mitteilen.

Meine *Wahrheit* kommuniziere ich voller Selbstachtung und Liebe.

Ich bin mir sicher,
dass alles,
was für mich wichtig ist,
zur richtigen Zeit
auf mich zukommt.

Ich bin *mutig*. Ich schöpfe alle Kraft, die ich benötige, aus meinem Inneren und weiß, dass ich die richtige Entscheidung treffe.

Ich *vertraue* dem Fluss des Lebens.

Mein ganzer Körper ist *durchströmt*
von der Schwingung der Harmonie und Liebe.

Wenn ich tief in meinem Inneren das Gefühl von *Reichtum* spüre, wird mir auch im Außen Reichtum begegnen.

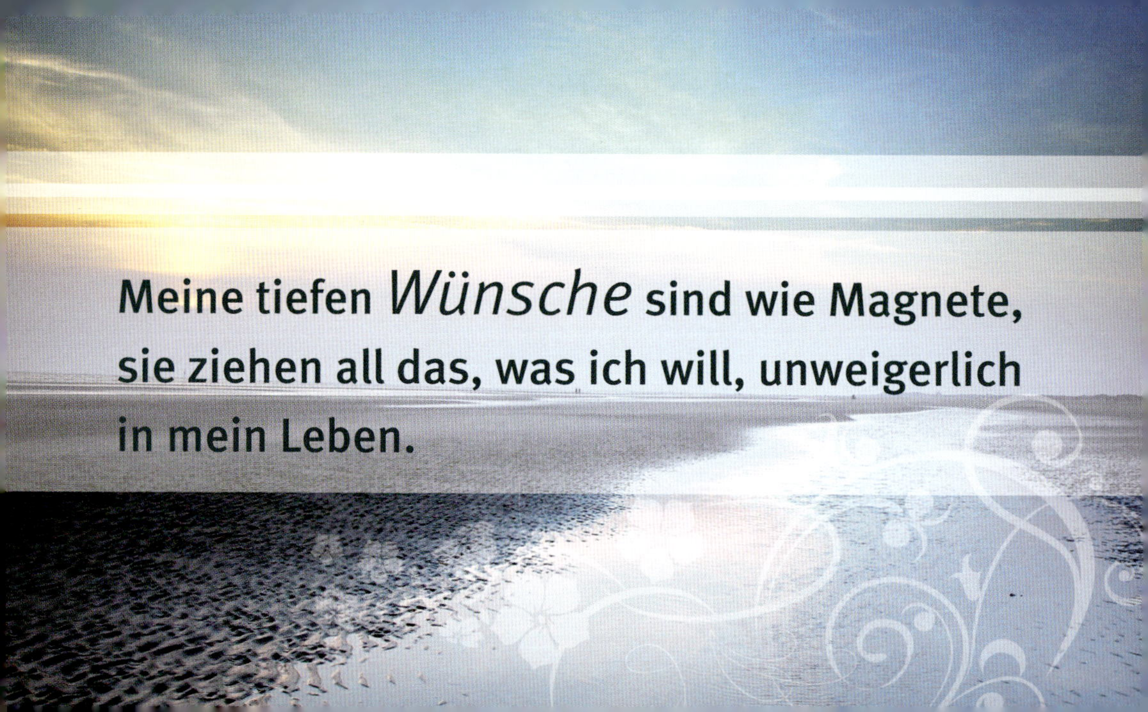
Meine tiefen *Wünsche* sind wie Magnete,
sie ziehen all das, was ich will, unweigerlich
in mein Leben.

Ich bin in der *Fülle*. Ich brauche nur mein Herz zu öffnen, dann kann ich es erkennen.

Ich vertraue meinen *Fähigkeiten* und weiß, dass mein Potenzial unerschöpflich ist.

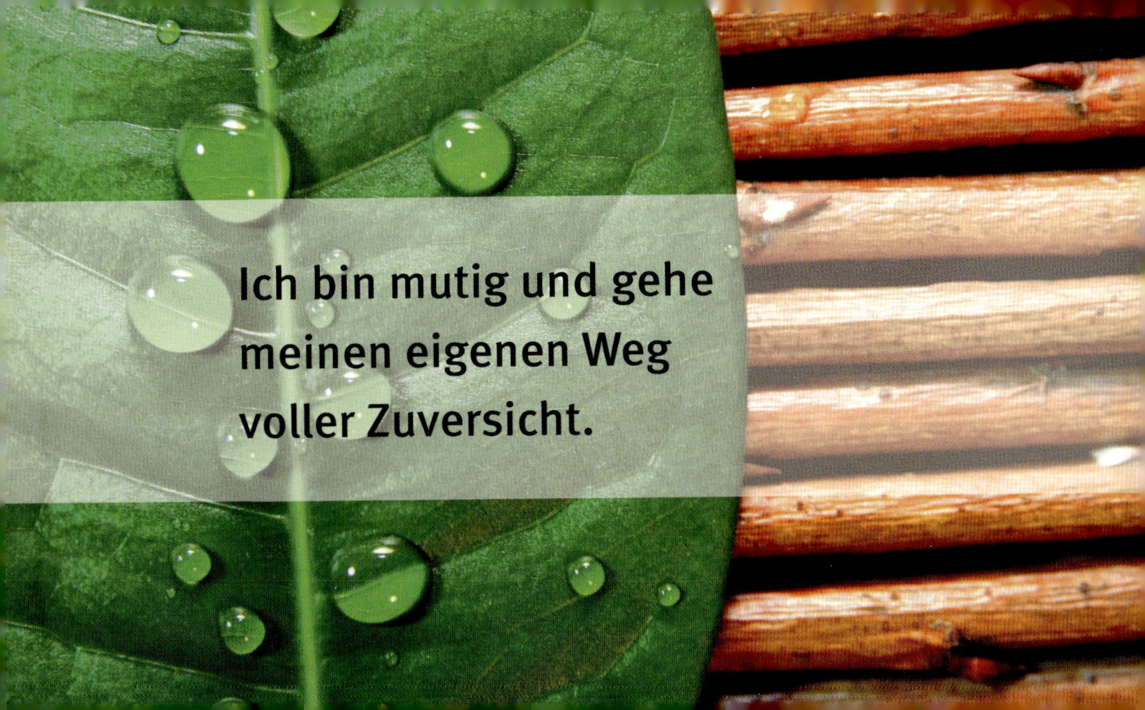
Ich bin mutig und gehe
meinen eigenen Weg
voller Zuversicht.

Ich bin voller
Selbstvertrauen
und weiß um
meine innere Kraft.

Ich habe mein *Ziel* klar vor Augen
und gehe meinen Weg voller Liebe.

Ich treffe meine Entscheidungen voller *Klarheit* und respektiere die Meinung anderer.

Ich übernehme *Verantwortung* für mein Leben und treffe alle Entscheidungen durch meine mir innewohnende Weisheit.

Ich verdiene es, *geliebt* zu werden.
Ich darf so sein, wie ich bin.

Ich kenne meine wahre Natur
und lebe sie voller *Freude* aus.

Ich *vertraue* darauf, dass die Quelle meiner inneren Kraft unerschöpflich ist und allen Menschen Freude bereitet.

In jeder Aufgabe erkenne ich die *Lösung* klar und deutlich und bin fähig, sie liebevoll umzusetzen.

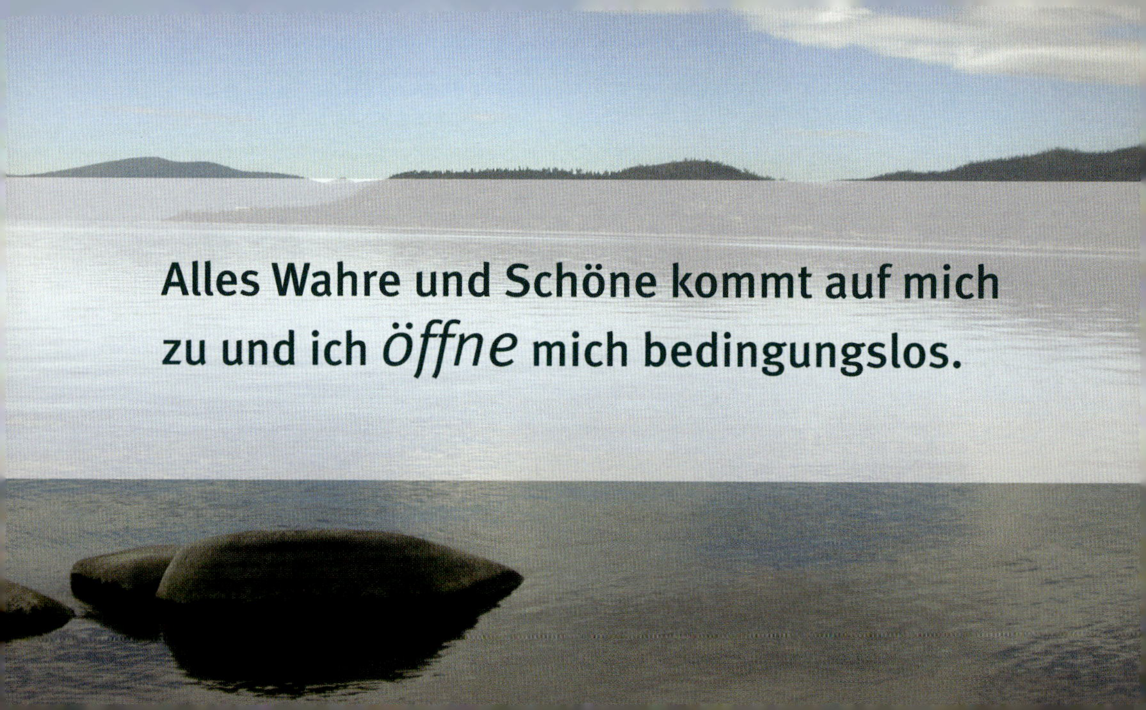
Alles Wahre und Schöne kommt auf mich
zu und ich *öffne* mich bedingungslos.

Ich bin verbunden mit meiner inneren Führung, die mir meinen Weg jeden Tag klar und deutlich aufzeigt. Ich *vertraue* darauf, dass mein Weg voller Freude und liebevoller Begegnungen ist.

Meine innere Weisheit nimmt mich mit
zu meinem *Seelenauftrag*. Ich vertraue
vollkommen dieser inneren Führung.

Meine Gedanken und Gefühle
stimmen überein und erschaffen
Fülle für mich.

Meine *Intuition* ist ein Geschenk der mir innewohnenden Schöpferkraft. Ich lasse sie in vollkommener Weise zu.

Ich baue *Schritt für Schritt*
an einem neuen, bereichernden Leben.

Mein Herz öffnet sich, um die wundervollen *Begegnungen* in meinem Leben zuzulassen.

Wünsche realisieren sich.

Jeden Tag, jede Minute, jede Sekunde.

Wir wünschen uns ständig etwas.

Bewusst oder unbewusst.

Ich bin offen und bereit,
die Quelle meiner Kraft
jetzt *zuzulassen.*

Wünsche gehen in Erfüllung.
Und zwar genau wie bestellt.

Erfolgreiche Menschen zweifeln nicht
und sind stets positiv auf ihre Ziele fokussiert.

Letztendlich gibt es immer nur einen *Unterschied*. Die einen wünschen bewusst und gezielt, die anderen unbewusst und unkoordiniert, ohne zu erkennen, dass sie genauso die Urheber ihrer Umstände sind.

Unsere Erwartungen werden
oft nur enttäuscht,
weil wir *erwarten*,
dass wir enttäuscht werden.

Es gibt keine Grenzen.
Die *Begrenzungen* existieren nur im Kopf.

Der *Glaube* an den Erfolg schafft den Erfolg.

Es ist immer nur unsere
eigene Vorstellung,
die etwas zulässt oder verhindert.

Mit dem *Universum* zu arbeiten ist wesentlich einfacher, als sich alleine abzustrampeln.

Mein Wunsch ist es mir *wert*, mich damit zu beschäftigen.

Wenn du deinen Wunsch nun ganz klar für dich formuliert hast, schreibe ihn auf, mit der tiefen Gewissheit, dass er nun *erfüllt* wird.

Wichtig ist dabei, dich zu *entspannen*. Wenn wir entspannt sind, sieht das Leben viel angenehmer aus und unser Wunsch gestaltet sich wesentlich positiver.

Wichtig ist nur, dass wir um die *Kraft* des ausgesandten Wunsches wissen, und dies lässt sich unter anderem auch durch einen besonderen Ort für unseren kleinen Zettel bekräftigen.

Nichts ist so erfolgreich wie der Erfolg
selbst, denn er zieht weiteren Erfolg nach sich.

Versuche es in zwei oder drei Sätzen auszudrücken. Je knapper man also formuliert, desto präziser wird der *Wunsch*.

Ein kurzer, treffender *Wunschsatz* ist wesentlich kräftiger als eine zweiseitige Abhandlung. Wie kraftvoll bereits wenige Worte sein können, habe ich oft genug erfahren dürfen.

Der ständige Blick auf unseren Mangel verstellt uns den Blick auf unseren *Reichtum*.

Denn meist ist es nur der Vergleich,
der uns *unglücklich* sein lässt.
Seltsamerweise betrachten wir bei anderen
nämlich immer nur die positiven Dinge.

Suche dir einen ruhigen Moment aus
und setz dich entspannt hin.
Konzentriere dich auf dich selbst.
Betrachte dich mit einem *Lächeln*.
Und rufe dir all die schönen Momente
in deinem Leben in Erinnerung.

Durch die Kraft deiner Worte, durch jede deiner Handlungen veränderst du dein *Leben*.

Sieh dich gedanklich um. Dies alles hast du aus dem Nichts erschaffen. Du bist Schöpfer deiner eigenen Welt. Betrachte dich voller Güte und Wärme. Das Leben beschenkt auch dich reichlich. Spüre, wie wundervoll dies alles ist. Spüre deine *Dankbarkeit*.

Beginne all die wundervollen Dinge auf deine kleine Liste zu schreiben. Du wirst erstaunt sein, wie viel bereits in deinem Leben *wundervoll* läuft.

In dem Augenblick, in dem wir *danken*, **wird der Wunsch erhört und manifestiert sich bereits. Denn Danken verlegt den Wunsch in die Gegenwart.**

Der Dank beseitigt alle Zweifel und Sorgen.
Glaube an die Ausführung. Sei dir *sicher*.

Durch *Danken* vermehrt sich das Wundervolle. Worauf man sein Augenmerk richtet, dem führt man Energie zu. Durch das Danken vermehrt man all die guten Dinge, die es bereits in unserem Leben gibt, weil man ihnen noch mehr Energie zuführt.

Probleme *abgeben* statt Probleme wälzen.
Beschäftige dich mit der Lösung, zum Wohle aller.

Alles geschieht zu meinem *Besten*.

Jeder Gedanke ist reine *Energie*
und wirkt seinerseits auf die Energie ein.

Es ist immer nur die *Energie*,
die neue Formen schafft.
Energie wird durch
Bewusstsein gelenkt
und gehalten.

Alles, was dort draußen in der Welt
mit unseren Gedanken gleichschwingt,
bringt auch uns in *Bewegung*.
Unsere Gedanken sind wie unsichtbare
Magnete, die all das anziehen, was
ihnen ähnlich ist.

Alles ist im *Überfluss* vorhanden,
doch verteilt wird es nur nach Nachfrage.

Die Welt entsteht durch
Gedankenkraft.
Immer und immer wieder neu.
Jeden Tag und jede Nacht.

Wir müssen also nur überprüfen, was wir denken. Welche gedanklichen Programme laufen wirklich ab, damit sich unser *Leben* so gestaltet, wie wir es gerade erleben?

Viele unserer Glaubenssätze sind tief in uns *verwurzelt*; mach dich auf die Suche nach ihnen und wandle sie in etwas Positives um.

Wir bauen uns unsere Welt nach unserem *Glauben*. Wir fühlen uns bestätigt in unserem Glauben und denken noch intensiver in diese Richtung. Das, woran wir glauben, wird für uns eintreten.

Glaubensmuster **sind**
unglaublich starke Wünsche.

Der Energie ist es egal, was wir uns wünschen. Sie arbeitet, wie von uns erwartet, für oder gegen uns. Wir begrenzen uns selbst durch unsere *Gedanken*.

Wer behauptet, nicht daran zu glauben,
glaubt in *Wahrheit* ebenso:
Er glaubt an das Gegenteil seines Wunsches.

Wir sind immer
erfolgreich.
Meistens mit der
Erschaffung unseres
Misserfolgs.

Der bewusst formulierte *Wunsch* wird also meist überlagert von unbeabsichtigt gedachten Zweifeln. Wie erfolgreich das Wünschen tatsächlich ist, sehen wir daran, mit welcher Beharrlichkeit der negative Wunsch, also die Verhinderung, in unser Leben tritt.

Alles positive Denken hilft nicht, wenn wir tief in unserem Inneren ständig an Mangel und Begrenzungen denken. Der Zweifel ist eine tief verwurzelte Einstellung. Er ist ein genauso fest verankerter Glaube wie dein *Herzenswunsch*. Wem willst du folgen?

Wer nicht an den Erfolg *glaubt*,
kann keinen Erfolg haben.

**Warum immer das *Gute* bezweifeln?
Warum nicht mal zur Abwechslung
das Schlechte infrage stellen?**

Zweifel ist so etwas wie eine
Stornierung des Wunsches.

Jede Idee ist am Anfang nur ein *Impuls*, ein Gedanke, der, wenn er nicht aufgefangen wird, wieder verschwindet. Erst dann, wenn die eigene Vorstellung darüber gefestigt ist, entstehen daraus größere Visionen und konkrete Pläne.

Der *Kosmos* liefert auf überraschenden Wegen und sucht sich immer den schnellsten und leichtesten Weg aus.

Wie werden unsere Wünsche erfüllt?
Mit Sicherheit also anders, als wir erwarten.

Intuition ist das *Zulassen* von sich selbst.

Die *Wirkungsweise* der Intuition entfaltet sich nur in der Gegenwart.

Mithilfe der Intuition wird das Handeln spontan und das Vertrauen zur eigenen *Wahrnehmung* wächst.

Wünsche sind so *vielfältig* wie die Persönlichkeit des Einzelnen. Finde deine wahren, großen Wünsche heraus.

Oft *wünschen* wir uns nur etwas, weil andere es sich wünschen oder es bereits besitzen. Oft hecheln wir einem Ideal nach, das überhaupt nicht das unsere ist.

Besitz soll *uns dienen*
und nicht wir dem Besitz.

Bevor wir uns etwas wünschen, sollten wir uns wirklich klar darüber sein, was wir tatsächlich für unser Leben benötigen. Fühlen wir uns dann wirklich besser, angenommener, liebenswerter oder glücklicher?

Drum prüfe, was du wirklich wünschst,
denn es wird in *Erfüllung* gehen.

Der freie Wille steht über allem,
auch über jedem Wunsch.

Erfolgreich wünschen **bedeutet, bereit zu sein, das Neue in deinem Leben zuzulassen.**

Mit unseren Gedanken senden wir *Befehle* aus. Gleichgültig, ob wir sie bewusst oder unbewusst denken.

In jedem von uns *schlummert* diese wundervolle Kraft, sein Leben nach seinen eigenen Wünschen zu gestalten. Auch in dir.

Grenzen gibt es
beim Wünschen nicht.
Grenzen gibt es nur
in unseren Köpfen.

Ich lebe *bewusst* und gestalte meinen Tag voller Achtsamkeit.

Nutze deine Stärken als
Potenzial zum Wünschen.

Überlege dir, welche Art des Wünschens dir leichtfallen würde. Auf welche Weise kannst du deine Gedanken am besten in die gewünschte *Richtung* lenken?

Wesentlich ist, dass
du dich dabei gut fühlst
und dass du spürst, wie du an
Kraft und Freude gewinnst.
Sobald sich die ersten positiven
Gefühle einstellen, wirst du schnell
merken, dass dir auch die anderen
Aspekte des Wünschens immer leichter fallen.

Ersetze deine negative Gedankenkette heute einfach durch eine

positive Gedankenkette.

Spüre, wie sehr dich das glücklich macht.

Nimm dir heute einen deiner Herzenswünsche vor und schließe bei der bildlichen Vorstellung von ihm die Augen. Schicke diesem Wunsch ganz besonders viel Liebe und Kraft und bedanke dich für seine *Erfüllung*.

Liebe das Leben und erfreue dich daran!

Lenke deine Gedanken immer wieder
in eine *positive Richtung.*

Entscheide dich, deine Wünsche mit Leichtigkeit und Freude in den Kosmos zu schicken. Lass alle Erwartungen und den Druck von dir abperlen. Sei *entspannt und locker*.

Willst du dein Leben *verändern*, so lass alles Vergangene los und kümmere dich nicht mehr darum. Halte nicht emotional an Dingen fest, die du nicht ändern kannst.

Konzentriere dich nur
auf das, was du erreichen willst.

Vertraue der Kraft
deiner Wünsche.

Visualisiere das Gewünschte, sooft es geht. Fühle dich in die gewünschte Situation bereits jetzt ein.

Sei *guter Laune*. Auch wenn es scheinbar nichts gibt, was deine Laune anheben könnte. Gute Laune erzeugt positive Gedanken, positive Gedanken senden positive kraftvolle Energie nach außen und beschleunigen die Erfüllung deines Wunsches.

Jeder Augenblick in meinem Leben
ist neu und wundervoll.

Ich erschaffe
jetzt das Leben,
das ich gerne
führen möchte.

Sei beim *Wünschen* stets aufmerksam auf das Gefühl konzentriert, das du erzeugst. Das Gefühl ist das stärkste Transportmittel für deinen Wunsch.

Höre auf zu suchen,
lasse dich *finden*.

Meine Talente offenbaren
sich zur *richtigen Zeit*.

Ich bin *offen* und *frei* genug,
die Kraft der Liebe anzunehmen.

Ich bin *wundervoll* und komme
der Liebe zu mir selbst jeden Tag näher.

Ich liebe das Leben und spüre mit jedem Tag die ganze Fülle meines Wesens.

Die *Liebe* in meinem Herzen
erfüllt mich von Tag zu Tag mehr.

Dein *Gefühl*
erzählt dir
die ganze Wahrheit.

Übe dich in *freudvoller* Gelassenheit.

Betrachte nur deine
wundervollen Seiten,
dann wird dein ganzes
Potenzial zum Vorschein kommen.

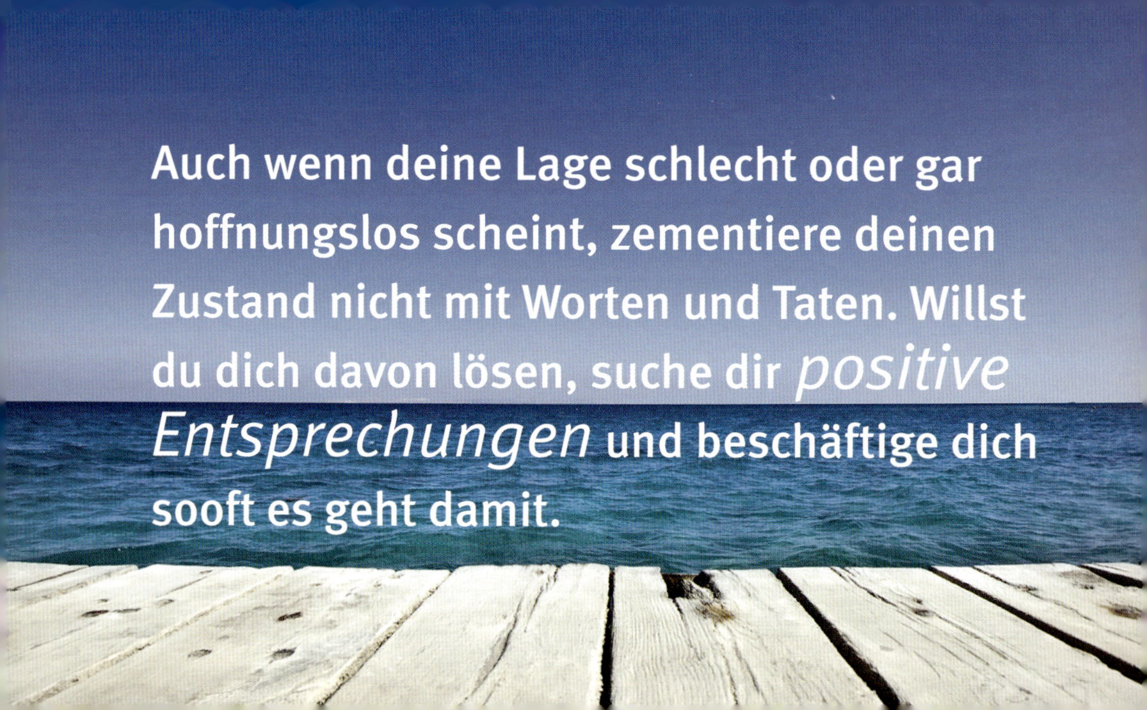

Auch wenn deine Lage schlecht oder gar hoffnungslos scheint, zementiere deinen Zustand nicht mit Worten und Taten. Willst du dich davon lösen, suche dir *positive Entsprechungen* und beschäftige dich sooft es geht damit.

Sende nur *positive Energie* aus, indem du nur positiv über dich denkst und redest.

Feiere jeden noch so kleinen Erfolg.
Dies bestärkt dich in deinem Glauben und
dem weiteren Aussenden deines Wunsches.

Mache dir immer wieder bewusst, dass dein Wunsch bereits in Arbeit ist. Freue dich bereits jetzt schon auf den *Wandel*, den dein Leben erfahren wird.

Lobe dich für alles, was dir gelingt.

Alles, was ich brauche, um *Erfolg* zu haben,
ist in mir und führt mich zum gewünschten Ziel.

Ich ziehe für all meine Ideen und Vorhaben
die richtigen *Menschen* in mein Leben.

Mein *Lebensweg* ist geebnet
für Erfolg, Fülle und Reichtum.

Ich bin mir vollkommen *bewusst*,
dass Erfolg mir jederzeit zusteht.

Ich *vertraue* mir und der Kraft
meiner ausgesandten Energie,
um Erfolg in mein Leben zu ziehen.

Ich bin *glücklich*
und *erfolgreich*.

Der eigene Wille ist *entscheidend* dafür, wie wir unser Leben gestalten.

Durch das *Wünschen* senden wir feinstoffliche Energie aus. Diese sucht nach gleichschwingender Energie, also nach einer solchen, die mit ihr übereinstimmt.

Ich bin offen und bereit für die *Inspiration* von außen. Die Entscheidungen in meinem Leben fälle ich bewusst und voller Liebe.

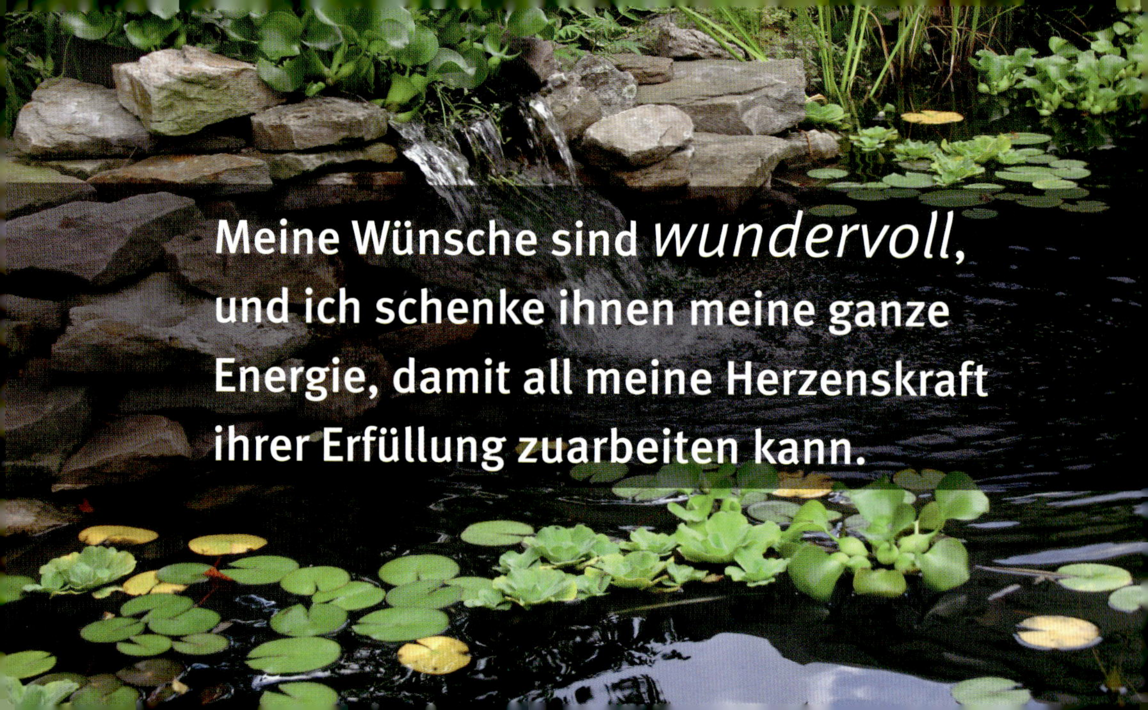

Meine Wünsche sind *wundervoll*, und ich schenke ihnen meine ganze Energie, damit all meine Herzenskraft ihrer Erfüllung zuarbeiten kann.

Mein ganzes *Umfeld* unterstützt mich
bei der Verwirklichung meiner Wünsche.

Ich bin voller *Zuversicht*, **dass alle meine Pläne gut gelingen.**

Ich *erlaube* mir, Erfolg
in meinem Leben zu haben.

Ich bin voller *Freude*,
dass ich meinen
eigenen Weg gehen darf.

Woran ich *glaube*, das realisiert sich.

Alles läuft zu meiner völligen *Zufriedenheit*.

Die *beste* aller Lösungen ist jetzt auf dem Weg.

Ich *vertraue* mir,
meiner ausgesandten Energie
und dem Fluss des Lebens.

Mein Leben verläuft glücklich und friedvoll.
Das *Beste* in meinem Leben geschieht jetzt.

Jede *Lösung* bringt das Beste für mich mit.

Ich bin es *wert*, dass sich
meine Wünsche realisieren.

Was *wünschst* du dir?
Was soll sich in deinem Leben realisieren?

Wenn ich daran glaube, es zu können, werde ich mit Sicherheit die *Fähigkeit* dazu entwickeln, selbst wenn ich sie am Anfang noch nicht hatte.

Mahatma Gandhi

Was ich glaube, *verwirklicht* sich.
Was ich nicht glaube, kann in meinem Leben nicht stattfinden.

Es gibt einen Unterschied zu dem, was man will, und zu dem, was man gebrauchen kann. Finde den Unterschied für *dich* heraus.

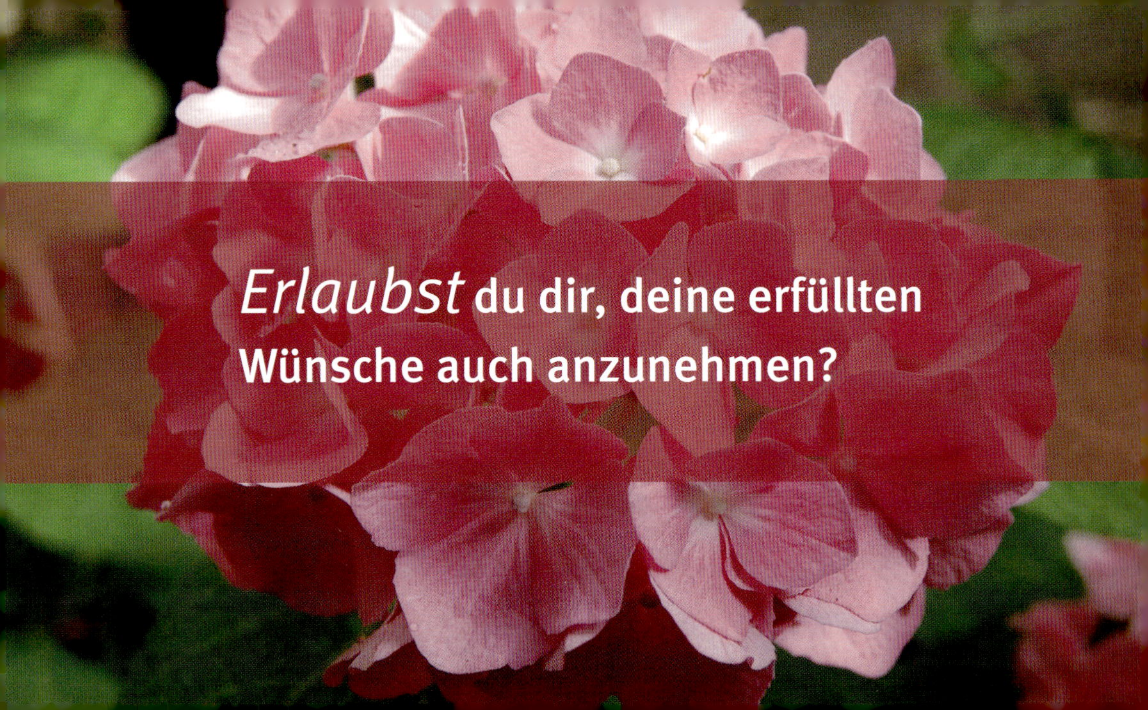
Erlaubst du dir, deine erfüllten
Wünsche auch anzunehmen?

Wünsch es dir doch einfach.
Aber mit *Leichtigkeit*.

Vieles, was wir in unserem Leben an Negativem erfahren, ist nur ein Irrtum unserer Gedanken.

Was du nicht *schätzt*, verlierst du.

Das Leben ist wundervoll
und beschenkt mich mit allem,
was ich benötige.

Erfolgreich wünschen ist nichts
Außergewöhnliches. Richtiges Wünschen
bedeutet, im Fluss des Lebens stets das
eigene Ruder in der Hand zu haben.

Alles, was ich brauche,
erhalte ich zur rechten Zeit.

Ich mache jetzt Platz in meinem Leben,
damit der Reichtum des Lebens sich bei
mir willkommen fühlt.

Ich habe die tiefe *Gewissheit*, dass die ausgesandten Energien meines Wunsches sich jetzt in diesem Moment manifestieren.

Ich löse mich von allem, was meine innere Freiheit *einschränken* könnte.

Alle bisherigen Gedanken haben uns dahin geführt, wo wir jetzt gerade sind. Alle jetzigen Gedanken führen uns dorthin, wo wir gerne *sein wollen*.

Die *Kraft der Gedanken*
kennt keine Grenzen.

Alles, was du denkst,
realisiert sich in deinem Leben.

Ich erfahre Anerkennung und liebevolle Achtsamkeit durch meine *Tätigkeit*.

Wichtig ist nicht, was andere in dir sehen, sondern was *du* selber in dir siehst.

Die *Antwort* auf meine Fragen
liegt bereits in mir. Sie wird mir
gesagt oder gezeigt, klar und deutlich.

Die anderen sehen immer nur das in dir,
was du ihnen bisher von dir *gezeigt* hast.

Wenn wir fest bei unserem Glauben bleiben, kann auch das „*Unmöglichste*“ geschehen.

Konzentriere
dich auf dich selbst
und deine Kraft.

Ich löse mich von allem, was diese *innere Freiheit* einschränken könnte.

Ich glaube *fest* an die Erfüllung meiner Wünsche.

Die *Vollkommenheit*
des Lebens findet sich in meinen
Gedanken und Taten wieder.

Sei voller Liebe und Mitgefühl. Das ist die beste Voraussetzung, die *Erfüllung* der Wünsche in sein Leben einzuladen.

Jeder gesprochene Gedanke ist ein klarer *Wunsch*. Das gesprochene Wort ist kraftvoller als ein stummer Gedanke.

Wollen wir die Welt *ändern*, müssen wir erst einmal uns selbst ändern.

Ich glaube und denke
nur das Beste über mich.

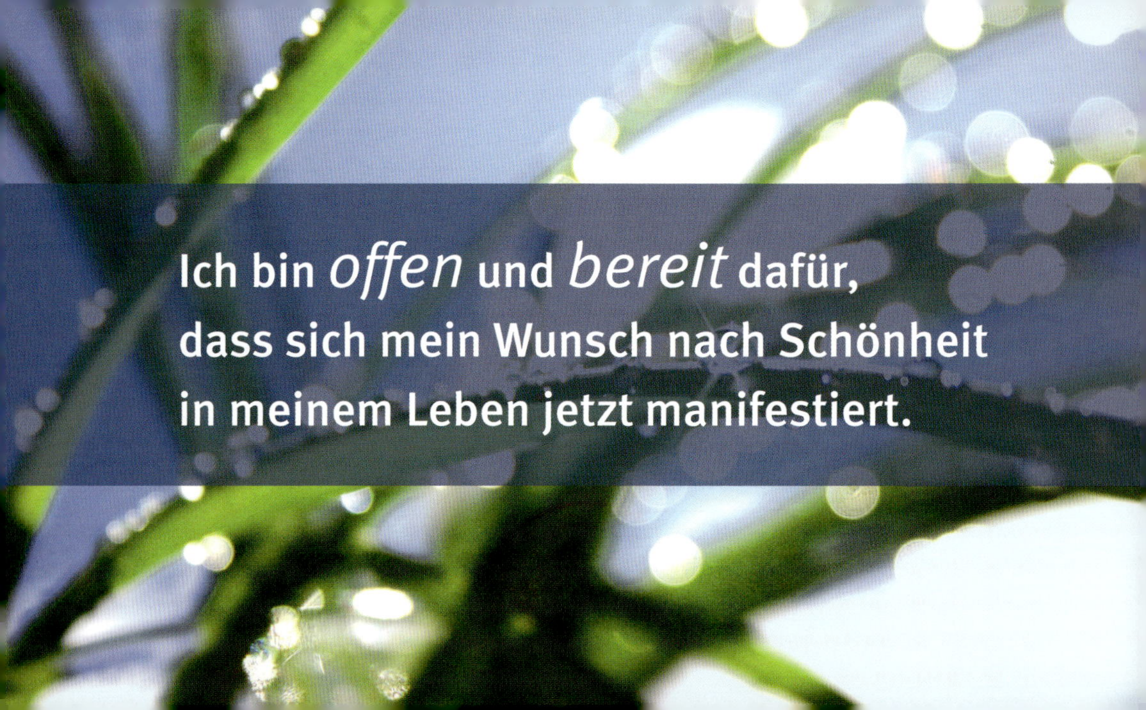
Ich bin *offen* und *bereit* dafür,
dass sich mein Wunsch nach Schönheit
in meinem Leben jetzt manifestiert.

Ich *vertraue* meinem Lebensplan und freue mich darauf, dass ich meinen Weg bewusst und voller Liebe gehen darf.

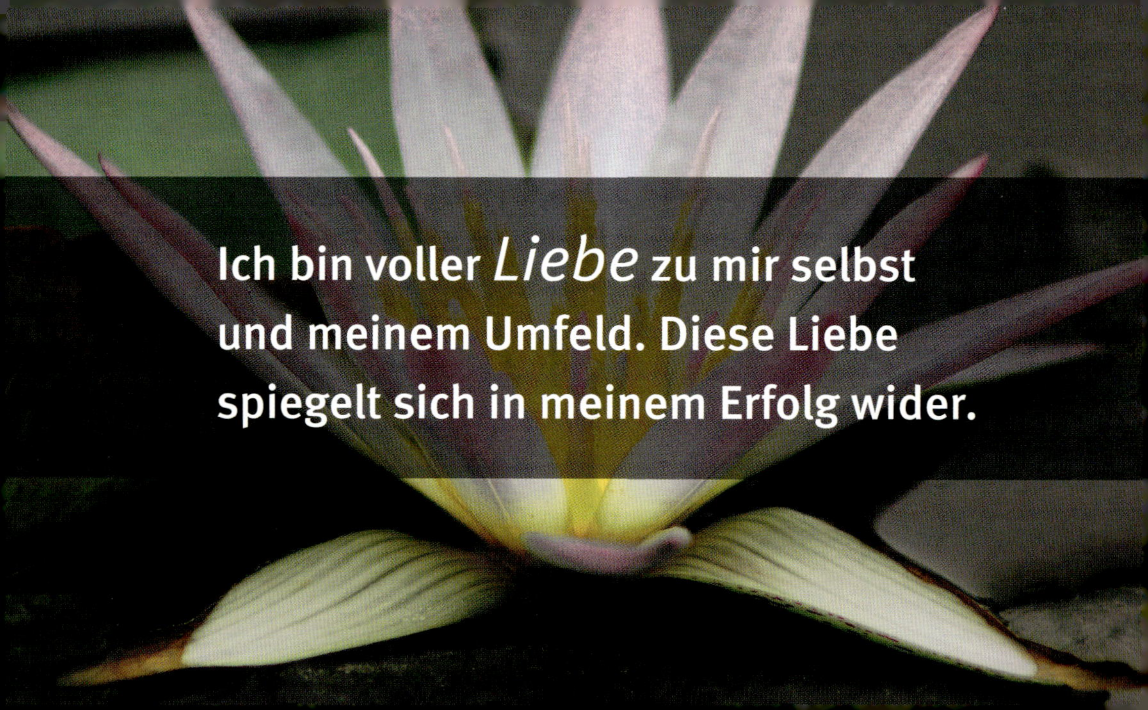
Ich bin voller *Liebe* zu mir selbst
und meinem Umfeld. Diese Liebe
spiegelt sich in meinem Erfolg wider.

Alle meine Wünsche
erfüllen sich
zur richtigen Zeit.

Ich bin *dankbar* für das Wunder des Lebens und lasse alle an meiner Freude teilhaben.

Ich habe die *Kraft*, die Erfüllung
meiner Wünsche zu bejahen.

Mein Leben ist voller Wunder.
Dankbar **nehme ich sie an.**

Jeder Tag ist ein *Geschenk*,
welches ich voller Freude annehme.

Ich bin voller *Liebe* zu mir selbst, und diese
Liebe spiegelt sich in meinem Umfeld wider.

Gehe in *inneren Dialog* mit dir selbst und finde heraus, was deine wahren Wünsche sind.

Ich *verdiene* es, erfolgreich und beliebt zu sein.

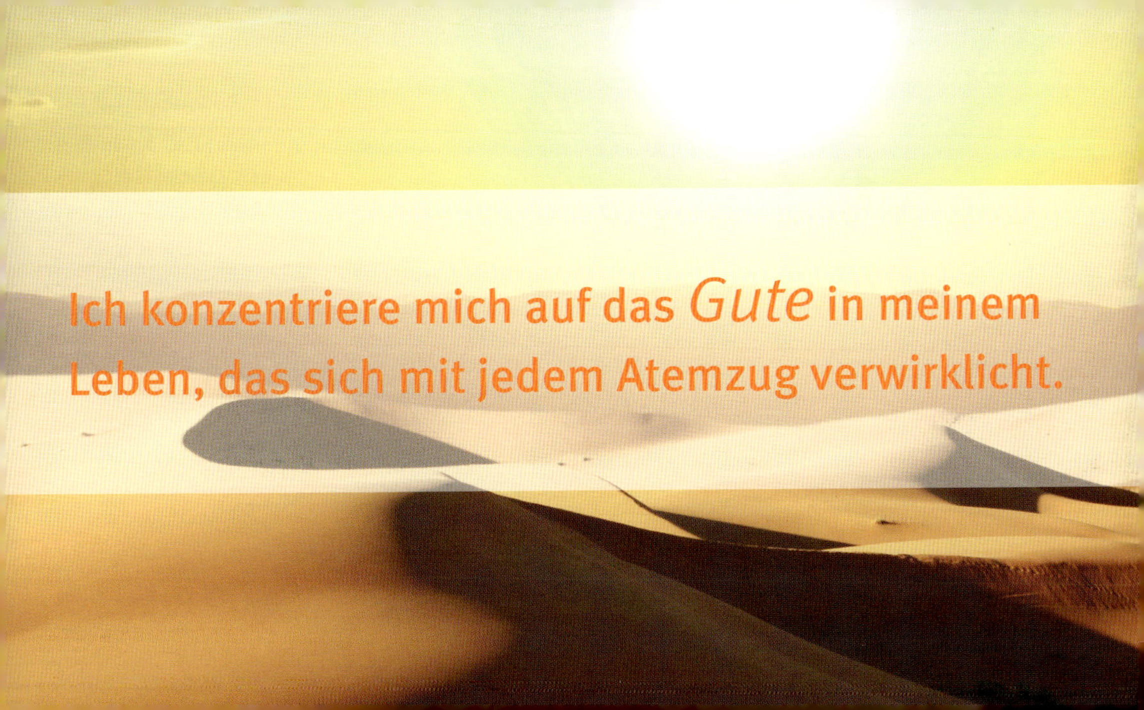
Ich konzentriere mich auf das *Gute* in meinem
Leben, das sich mit jedem Atemzug verwirklicht.

Ich bin offen für die *Veränderungen*, die die Erfüllung meiner Wünsche mit sich bringt.

Ich bin ein *kraftvoller Magnet*, der alles, was ich mir von Herzen wünsche, in mein Leben zieht.

Ich bin mir meiner großen *Wunschkraft* bewusst und setze sie zu meinem Wohl und zum Wohle aller liebevoll ein.

Ich bin *dankbar*
für die Liebe,
die ich jeden Tag
empfange.

Ich gestalte mein Leben *selbst*.

Selbstliebe und *Selbstvertrauen*
sind die beiden wichtigsten Eigenschaften
zur Erfüllung deiner Wünsche.

Ich sehe mit den *Augen der Liebe*.
Alles, was mir begegnet, empfange ich mit offenen Armen.

Erfolg ist mein natürlicher Zustand.

Die *beste*
aller Lösungen
ist jetzt
auf dem Weg.

Wenn Energie Materie entstehen lässt und Gedanken *pure Energie* sind, entstehen um uns herum ständig Dinge, die wir materialisieren.

Ich *strahle* von meinem Herzen her
Respekt, Achtung und Anerkennung aus.

Ich *erkenne* meine Aufgabe im Leben und gehe diesen Weg voller Freude.

Mein *Selbstvertrauen*
führt mich mit
Leichtigkeit zum Erfolg.

Ich bin auf der *Sonnenseite* des Lebens und
strahle diese Freude auf meine Mitmenschen ab.

Ich arbeite täglich an meinen positiven *Zielen*
und verwirkliche sie voller Harmonie und Freude.

Ich bin wertvoll und einzigartig.
Ich erkenne meine Schöpferkraft an.

Ich bin *schöpferisch* **und** *ideenreich*.
Meine Kreativität wird voller Freude aufgenommen.

Ich lebe meine *Fähigkeiten*.
Ich bin mir meiner Berufung bewusst.

Ich gehe selbstbewusst durchs Leben,
wissend, dass meine Fähigkeiten zum
Wohle aller eingesetzt werden.

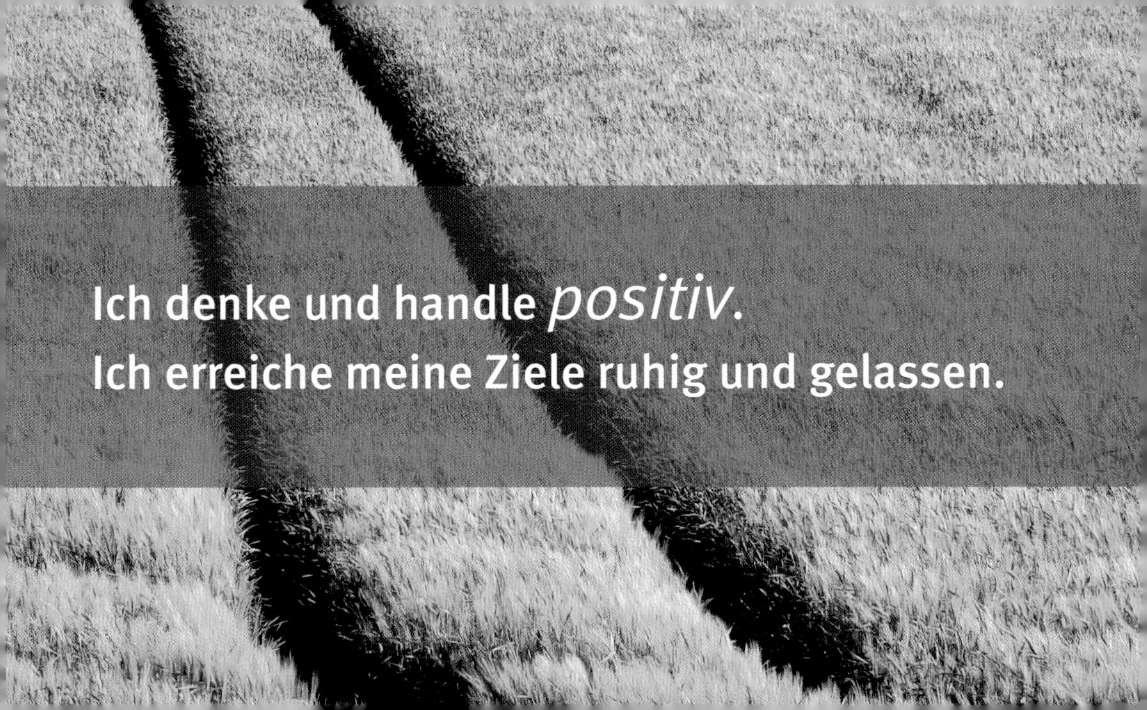
Ich denke und handle *positiv*.
Ich erreiche meine Ziele ruhig und gelassen.

Ich besitze alle Energie, die ich brauche,
um meine *Wünsche* zu verwirklichen.

Meine konstanten, positiven Gedanken machen aus mir den Menschen, der ich zu sein *wünsche*.

Ich bin vollkommen *gesund*, meine Fröhlichkeit und meine Beherztheit sind ein Vorbild für mein Umfeld.

Ich entscheide mich jetzt, nur noch
konstruktive Gedanken zu denken.

Ich lenke meine Aufmerksamkeit auf
die Dinge, die mein Leben *bereichern*.

Ich lasse das Geschenk des Lebens zu.
Ich empfange es mit *offenen Armen*.

Ich öffne mich für die Fülle des Lebens
und *vertraue* darauf, dass mein Umfeld
meine Berufung erkennt.

Von allen Seiten werde
ich *beschenkt.*
Mein Umfeld liebt mich
und ich liebe mein Umfeld.

Ich bin *wertvoll*. Die Fülle in meinem Leben darf stattfinden.

Ich bin *erfüllt*
von Harmonie
und Frieden.

Ich bin *verbunden* mit mir selbst und meiner inneren Führung. Ich bekomme alle Hinweise zur rechten Zeit.

Ich vertraue meiner *Wunschkraft* und
freue mich auf die vollkommenen Ereignisse.

Ich werde auf allen Wegen begleitet und beschützt. Wohlstand und Fülle sind meine ständigen *Begleiter*.

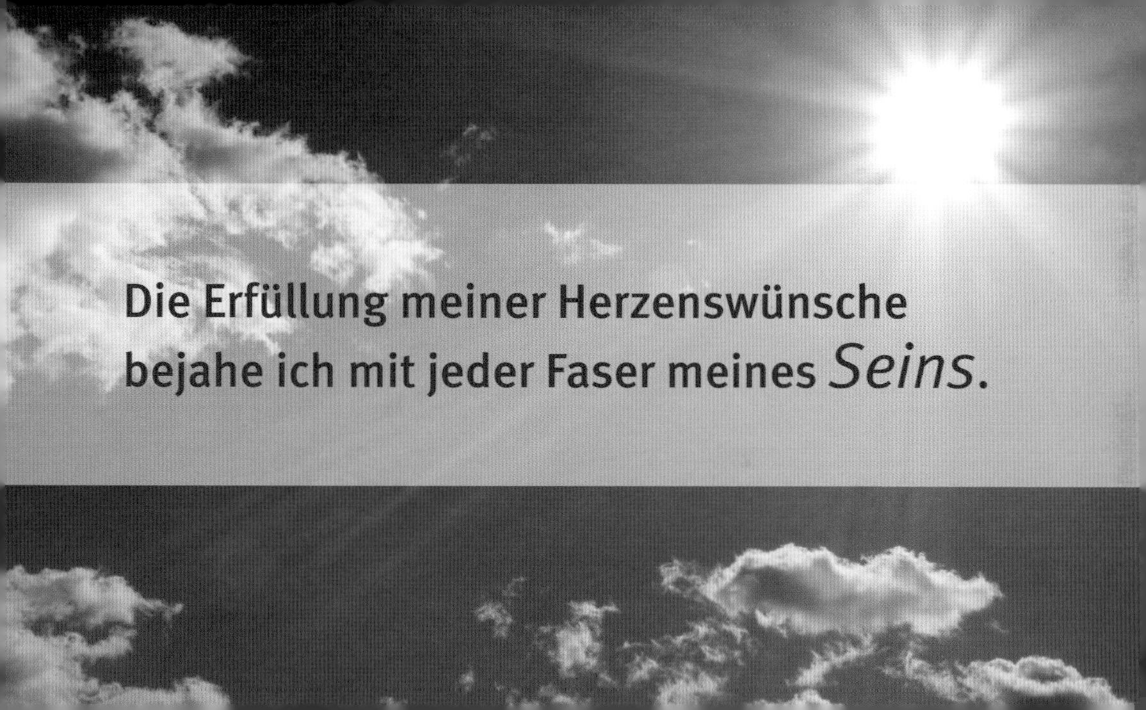
Die Erfüllung meiner Herzenswünsche
bejahe ich mit jeder Faser meines *Seins*.

Ich erkenne den wahren Wert meiner wundervollen *Persönlichkeit* an.

Ich lasse alle alten, nicht benötigten Glaubensmuster los und ersetze sie durch neue, *positive Entsprechungen*.

Meine Taten und Handlungen sind geleitet von *positiven Gedanken*. Ich gebe gern und erlaube mir, die Fülle zu empfangen.

Die *positiven Dinge* in meinem Leben bekommen mehr und mehr Raum.

Du bist wie deine tiefsten
drängendsten *Wünsche*,
wie deine Wünsche, so deine Tat,
wie deine Tat so dein Schicksal.

Upanischaden

Wunder geschehen jeden Tag.
Auch bei dir! Du musst sie nur zulassen.

Die Wunder in meinem Leben geschehen *jetzt!*

Erfolgreiches Wünschen heißt
Energien aussenden und wieder auffangen.

Durch meine *Liebe* zu mir selbst ziehe ich den Menschen an, der mich mit den gleichen Augen betrachtet wie ich mich selbst.

Das Festhalten an der Vergangenheit bremst deine *Entwicklung*.

Fühle beim *Wünschen* immer auch die Kraft und die Freude der Verwirklichung. Auf diese Weise änderst du das ganze Gefüge in deinem Denken und schwingst immer besser mit deinem Wunsch in Resonanz.

Sei wach, schenke deine *Aufmerksamkeit* den positiven Dingen, und erfreue dich an ihnen.

Vorurteile wirken wie Barrieren –
Grenzen zu deinem wahren Selbst.

Dein Leben ist das *kostbarste Geschenk*, **das es gibt! Gehe sorgsam damit um.**

Ich bin im Hier und Jetzt
und genieße jeden Augenblick.

Wichtig ist die volle
Überzeugung deiner Gedanken.

Erwarte nichts, bleib neugierig,
dann ist die Welt voller *Möglichkeiten*.

Ich bin überzeugt davon,
das das *Richtige* in
meinem Leben geschieht.

Energie ist immer da, und wir können sie nach unserem Willen formen oder unserem Wunsch entsprechend zu uns ziehen.

Geld ist Ausdruck meiner *Lebensfreude*
und zeigt das Fließen meiner Lebensenergie,
die ich jetzt in diese Richtung lenke.

Sei klar und fest in deinen Überzeugungen,
dann setzt der *Erfolg* in Bälde ein.

Ein liebevolles Herz, ein mitfühlendes Wesen –
dies brauchst du, um die Welt zu *verstehen*.

Mit Wundern und Wünschen ist es wie mit der *Liebe*: Sie vermehren sich, je mehr man davon aussendet.

Positive Emotionen **sind das optimale, schnellste Transportmittel für unsere Wünsche.**

Jeder Augenblick in meinem Leben
ist *neu* und *wundervoll*.

Wünsche sind Gedanken
in gebündelter Energie.

Durch positives
Visualisieren werden
die Umstände
erst erschaffen,
die uns *glücklich*
machen.

Weitere Titel von Pierre Franckh:

www.koha-verlag.de www.pierre-franckh.de